LETTRES

d'un

INCONNU

à son ami

M^R. M. DE LU***

M.DCCL.

LETTRES

D'UN

INCONNU,

A SON AMI

Mʳ. M. DE LU***

M. DCC. XLIX.

LETTRES
D'UN INCONNU,
A SON AMI
Mr. M. DE LU***

LETTRE PREMIERE.

JE ne me confolerois point des injuftices dont on m'accable, fi j'en avois moins effuyé dans le cours de ma vie ; mais quand on a éprouvé toute la noirceur des hommes, quand on a fouffert tout ce qu'on peut fouffrir, l'ame fe

forme une nouvelle conſtitution
& ſe roidit, pour ainſi dire, contre
les nouveaux traits dont on la veut
percer ; la mienne flétrie dès long-
tems par les plus grandes douleurs, eſt preſque inſenſible aujourd'hui aux cruautés qu'on exer-
ce contr'elle ; c'eſt une obligation
que j'ai à mes ennemis ; car entre
nous, puiſque la vie humaine eſt
une ſource de maux, puiſqu'il faut
que les hommes ſoient injuſtes,
que peuvent-ils faire de mieux
pour nous, que de nous rendre
leurs défauts indifférens à force de
l'être ; leur méchanceté alors, de-
vient une eſpéce de généroſité.
Vous penſerez peut-être que ce
ſyſtême prend ſa ſource dans le
chagrin de mon humeur, & je

n'en ferai nullement furpris ; accoutumé aux plaifirs les plus vrais du cœur, élevé dans le fein du bonheur même, pourriez-vous vous faire une idée jufte du malheur ? L'infortune eft pour les gens heureux, ce qu'une étoile eft pour un Chinois ignare ; celui-ci également frapé de l'immenfité qui l'environne & de la petiteffe apparente de l'objet qu'il confidére, ne pourroit jamais croire qu'une étoile eft un monde habité d'une étendue immenfe, ainfi l'homme heureux eft bien loin de fe repréfenter le malheur tel qu'il eft ; perfuadé qu'il n'y a pour l'ame rien de plus fenfible que le plaifir, il croit que tous les autres fentimens font fimplement pour elle ce qu'une

piquûre d'épingle eſt pour lui . . . . .
Je ſuis fort ſenſible à l'intérêt que
vous avez voulu prendre aux tra-
caſſeries que l'on m'a faites depuis
mon départ ; mais vous offenſe-
riez-vous, ſi je vous faiſois convenir que vous avez eu tort de me
rendre tant de reconnoiſſance né-
ceſſaire ? Qui ſont, je vous prie,
les gens qui m'attaquent? Ignorez-
vous que le mépris ſeul doit punir
des ennemis par tout mépriſés,
c'eſt faire tort au Public, que de
prendre auprès de lui des précautions contre la noirceur de ces
déteſtables eſpéces. De tous mes
nouveaux Antagoniſtes, Madame
de L ** eſt ſeule digne des ſoins
que vous vous êtes donnés ; le
mauvais ſervice que l'on m'a rendu

auprès d'elle pouvoit me nuire beaucoup, parce que son estime a toujours été regardée comme un bien réel; ce n'est pas qu'on doive toujours conclure d'après l'opinion qu'elle a des autres, elle est quelquefois moins judicieuse qu'elle ne le paroît ; mais jusques dans ses ruptures même, elle fut toujours si moderée, si discréte, si respectable, que ses procédés n'ont jamais manqué de tourner à son avantage, & qu'aujourd'hui ses sentimens sont presque regardés comme des décisions. Vous avez donc bien fait de dissiper le nuage qui me déroboit à son discernement; je suis persuadé que le retour de son amitié me fera autant de bien, que malgré elle

même sa prévention m'eut fait de
mal ; mais pour tous ceux qui
comme elle profitent de mon ab-
sence pour m'enlever mes amis,
vous n'êtes pas sage de les hono-
rer de tant de chaleur; c'est vous
donner un air de bonhomie, c'est
déroger à l'élévation de votre ame;
c'est enfin jouer un rôle qui n'est
pas fait pour un homme de qua-
lité que tout le monde considére.
Croyez-moi , Monsieur, laissez
ces insectes ramper dans le néant
où ils croupissent , peuvent - ils
être plus détestés qu'ils ne le font;
& le juste mépris où ils sont tom-
bés, n'est-il pas un rempart éternel à leur méchanceté. Pour moi
je vous proteste que je ne leur op-
poserai jamais que mon innocen-

ce ; ce seroit avilir la vertu que de lui prêter des secours contre les attaques de gens qui la persécutent si bassement.

LETTRE II.

Au même.

J'Arrive d'une maison de campagne où je serois resté long-tems ; encore si j'avois pû y trouver une commodité pour vous écrire. Rien ne convient mieux à mon humeur que ce séjour ; pourvû qu'on ait du sens commun, ou qu'on sçache s'en passer, on y est tout-à-fait à son aise. J'y ai vêcu avec des fols qui sçavent faire rire, & avec des sages qui sçavent rire auſſi. On y joue le rôle qu'on veut, pourvû qu'on ſoit amuſant on eſt aimable, on eſt goûté. Témire a toujours fait les honneurs de ſa maiſon préciſément comme, ſi le plaiſir qu'elle répandoit dans notre petite Société avoit dû être tout pour elle. Elle m'a preſque promis ce que vous ſçavez bien, je la crois de bonne foi, cependant je ne ſuis point tranquille; ne m'en faites point un crime; hélas, mon expérience ne me juſtifie que trop, il eſt permis de douter de la ſolidité d'une femme quand on a éprouvé, comme moi, que leur ſincérité ne nous ſauve point de leur inconſtance.

On m'a écrit de * * * que Madame de la G * * avoit été enlevée par son mari ; j'ai appris cette avanture avec aussi peu de douleur que de surprise ; ce n'est pas que j'ignore que dans l'ordre de la nature cela fait une vilaine affaire pour une femme ; mais j'ai toujours vû Madame de la G * * si peu capable de sentir le bien & le mal des autres femmes, qu'il me semble que l'avoir séquestrée auprès d'un mari, dans les entraves du devoir, dans les soins d'un ménage rustique, dans les fonctions enfin de l'insipide hymen, c'étoit l'avoir mise en son lieu & place. Pour lui, nous avons toujours dit que c'étoit un sot, il ne peut rien faire qui m'étonne, il faut que l'onde suive son cours, il est vrai cependant, que dans cette occalion-ci il a un peu excédé le privilége des fots de Province. Enlever fa femme.....cela eft unique. Je ne plains dans toute cette aventure que le frere, il eft homme d'honneur & de bon fens, il méritoit des parentés où il y eût moins d'amour & plus de raifons .... voulez-vous bien envoyer les affurances de mon dévouement à l'Hôtel des Graces & de l'Efprit? Je ne dis pas comme vous, *timeo Danaos & dona ferentes*. J'aime les jolies femmes, & quelque mauvaife opinion que vous ayez & que vous deviez peut-être avoir de ma perfonne, je n'en aurai pas moins l'audace de vous protefter que fans elles je donnerois la vie pour rien. Si Madame de Lu** sçavoit tout ce qu'elle mérite, elle ne seroit pas en peine des sentimens qu'elle m'a inspirés.

Je vous envoye la copie d'une Lettre assez plaisante que je reçus hier de Madame de Sirenai.

LETTRE de Madame de Sirenai à l'Auteur.

NOus serions des femaines entiéres sans nous voir, si je n'occupois tout mon esprit à en faire naître les occasions, à les saisir & à vous reprocher votre indolence par mille preuves de tendresse. Croyez-vous que je ne me lasserai pas enfin d'un rôle qui me convient si peu ? Vous êtes aima-

ble, fans doute, mais j'ai mon mérite auffi, moi; je fçais qu'il n'eft
pas d'efpece à être comparé au
vôtre, & cependant je ne m'en
eftime pas moins; on m'a élevée
dans une habitude de prévenances
fi foutenues, & fi flatteufes, que
je deviens toujours à préfent d'un
orgueil extrême dès que l'on bleffe
ma vanité. Je pourrois emprunter
des motifs plus forts de reproches
de la paffion que j'ai pour vous;
mais ce droit, tout inconteftable
que vos fermens l'ont rendu, a
peut-être perdu une partie de fa
réalité; que fçais-je ? Peut-être vos
fentimens font-ils ufés, & votre
cœur n'attend-t'il, pour fe montrer
tel qu'il eft, que le premier mo-
ment où je l'examinerai avec at-

tention. Vous vous êtes apperçu
il y a long-tems, que cette idée
m'inquiétoit, & il faut bien que
vous ayez senti que vous ne pouviez pas me condamner, puisque
vous vous êtes justifié...... cette
réflexion m'attriste, je cherche en
vain des raisons contr'elle dans les
preuves que j'ai, que depuis que
vous m'aimez, vous n'avez aimé
que moi. Je me retrace sans cesse
l'égalité de votre conduite, l'inuti-
lité de mes recherches, vos complaisances enfin & ma sécurité ;
je reste toujours persuadée que
vous n'êtes point infidéle, mais je
n'en doute pas moins que vous
soyez encore sensible...... autre-
fois une pareille réflexion eût suffi
pour me rendre desagréable l'objet

le plus cher ; mais vous avez for-
mé mon cœur à une façon d'aimer,
que je n'eusse jamais pensé qui
m'eût été propre ; moins j'ai à me
louer de vous, plus je vous aime;
vous m'avez liée d'une chaîne,
dont vous tenez les deux bouts ;
ce que je sens pour vous, ne peut
être senti que par moi, il ne se dé-
finit point, c'est un sentiment qui
me rend malheureuse dès que je
refuse de m'y abandonner ; c'est
un penchant où vous trouvez toujours & l'excuse de votre froideur,
& l'assurance de ma fidélité ; c'est
une passion enfin, qui n'a pas eu
plus de peine à triompher de ma
vanité que de ma raison, & qui
apparemment me livre à vous pour
jamais. Adieu, vous voyez le besoin

loin que j'ai de votre cœur ; soyez
du moins généreux , s'il est vrai
que vous ne soyez plus sensible.

LETTRE III.
Au même.

QUand on n'est point fait pour
inspirer les plaisirs de l'amitié , il faut du moins être exact à
en remplir les devoirs. La délicatesse & l'empressement , remplis-
sent dans les engagemens de cœur
le vuide que le défaut de mérite y
fait sentir ; par là l'on dérobe à ses
amis le tems de réfléchir au peu que
l'on vaut, on leur fait même quelquefois prendre le change ; il vous
étoient aimable & essentiel quand

B

vous n'êtes que sincere & que tendre. Je vous prie de me pardonner
ce triste & froid préambule ; à
moins que vous n'aimiez mieux
croire qu'il n'est que le pure effet
de la mauvaise opinion que j'ai de
moi. Quand un raisoneur ne prend
pas garde à lui, il se jette souvent
dans un labyrinthe de longueurs
& d'inutilités, qui toutes font plus
pitié les unes que les autres. Voilà
ce qui m'arrive ; j'ai voulu vous
dire qu'en amitié il falloit être
exact quand on n'étoit point aimable, & que je profitois de cette
ressource, comme de la seule que
j'eusse pour répandre quelqu'agré-
ment dans notre commerce ; trois
mots eussent suffit pour rendre ma
pensée ; mais ma vanité qui veut

que je mette fottèment de l'efprit
partout, ne fe feroit point accom-
modée de tant de précifion, & il m'a
fallu vous faire un difcours ou me
faire une querelle avec elle. Plai-
gnez-moi, Monfieur, de dépendre d'un guide fi déraifonnable &
fi avantageux ; & priez Dieu, fi
vous m'aimez, qu'il m'en délivre,
duffai-je n'être plus qu'un fot tout
fe refte de ma vie......Je fuis toujours dans le deffein de vous re-
joindre dès que je ferai libre. Je
prévois que j'aurai de grands com-
bats à foutenir ; mais la raifon fuf-
fit contre l'objet le plus aimable
quand le cœur ne le défend pas.
J'écris aujourd'hui à Madame la
Marquife de * * * elle y a confenti
& m'a même permis de croire que

je lui ferois plaisir. Je vous avoue que quoique je n'eusse pas besoin de ses bontés pour lui être attaché, elles ont mis la derniere main à mon dévouement. Tâchez de lui justifier la grace qu'elle m'a fait, elle mérite qu'on lui vante les personnes qu'elle estime ; car je ne connois point de femme dans le monde qui soit plus digne d'aimer qu'elle. Je voudrois bien qu'elle pût lire cette phrase, elle y trouveroit, si je ne me trompe, le tour naïf de la sincérité & le vrai portrait de son cœur..... Cet enfant donne-t'il toujours des douleurs ? En vérité c'est une grande foiblesse ou une grande générosité dans les femmes de devenir meres ; & je vous avoue que selon moi

nous leur avons une grande obligation. Je desire bien sincére-
ment que Madame de * * * renon-
ce pour jamais à la propagation ;
elle n'a pas besoin de douze en-
fans pour être considérable , on
l'est assez quand on mérite autant
qu'elle d'en faire. Je vous prie de
lui renouveller les assurances de
mon respect. Je vous envoye ma
Lettre à Madame la Marquise ou-
verte , ayez soin de la lui faire
rendre.

LETTRE

*A Madame la Marquise de ***.*

JE remplis mes engagemens avec autant de confiance que d'exactitude, Madame, je ne doute point que vous ne m'en sçachiez gré, & je n'ai pas la force de vous dissimuler que l'espece de sécurité où je suis à cet égard n'est pas le moindre plaisir que j'aie goûté en ma vie. C'est sans doute une grande satisfaction, Madame, de vous parler, de vous entretenir ; mais quel charme est comparable à celui de vous communiquer ses pen-

fées fans fâcheux , fans contrainte , & de jouir par avance du plaifir que vous avez promis d'y prendre. Jugez du prix de ma fituation
par la douceur que vous voyez
bien que je trouve à vous en parler ; je fçais, Madame , que je ne
dois mes avantages qu'à vos bontés ; & cette confidération toute
capable qu'elle feroit d'en dimi-
nuer le prix aux yeux du commun
des hommes , ne fert aux miens
qu'à les rendre plus touchans &
plus flateurs. Si je méritois de vous
amufer , je ne ferois heureux en
y réuffiffant que comme mille autres perfonnes l'ont été , mon plaifir feroit moins votre ouvrage que
celui de mon mérite & de ma
fenfibilité. Je ne vous aurois pref-

que point d'obligation, & je vous
devrois fort peu de reconnoissance ; un état si languissant ne sçau-
roit jamais me suffire ; il laisseroit
mon cœur dans un vuide que mes
sentimens pour vous, Madame ,
& ma façon de penser me ren-
droient presque insupportable. Je
suis si rempli de votre mérite ;
que je ne pourrois me trouver
bien vis - à - vis de vous, si j'y
jouois un rôle ordinaire ; il en
est un que je préférerois à tous les
autres , qu'aucun autre ne vaut ,
& dont j'ose dire que je ne serois
pas toujours indigne, mais tout me
l'interdit , & vraisemblablement
je ne dois point m'attendre à voir
changer une loi aussi dure. Je vous
estime trop, Madame, pour craindre

dre que vous vous offenſiez du regret que j'en ai ; il eſt naturel qu'on
ait de la douleur de ne pouvoir pas
être le plus heureux homme du
monde , & quand on mérite autant que vous de faire des heureux,
on ſent qu'on doit tout au moins
de la pitié à ceux que l'on refuſe
de rendre tels ....Ce n'eſt
point ici, Madame, une déclara-
tion d'amour , j'ai trop appris par
vous-même à vous reſpecter pour
l'oublier ſi-tôt , c'eſt ſimplement
un gage d'admiration, & s'il m'eſt
permis de le dire, d'amitié que je
vous donne ; la vôtre eſt le bien
que j'ambitionne le plus, je ne vois
que la gloire de la mériter, qu'on
puiſſe comparer au bonheur de
l'obtenir. Permettez – moi, Ma-

C

dame, de mettre en usage pour vous persuader de ma sincérité, toute la passion que j'ai de vous en convaincre, vous ne risquez rien.

Je suis, &c.

LETTRE IV.

Au même.

VOtre silence m'a fait de la peine, mais je ne vous en parle pas de peur de vous rendre plus diligent. Si vous étiez plus exact, quel mérite aurois-je de l'être moi-même ? La vanité est ma folie, je veux avoir quelqu'avantage sur vous; & je n'en vois point de plus doux, que de vous laisser toujours en arriere dans le commerce que nous avons ensemble. Vous voyez, Monsieur, que je préfére d'aimer bien à tâcher de me faire bien aimer. Vous pouvez vous piquer sur jeu si vous voulez, vous ne me gagnerez jamais de vitesse, j'ai un appui, sûr dans la façon dont je sens que je vous aime . . . . . . votre délicatesse est d'une espéce unique, elle vous rend cruel. Pourquoi ne vouloir pas m'apprendre ce que vous avez dit de moi l'autre jour avec Madame la Marquise de *** ? Je le devinerai, dites-vous, belle excuse : ne sçavez-vous pas qu'on ne croit jamais deviner juste dans les choses qui intéressent beaucoup, qu'on craint toujours de se flater,

C ij

... que cette crainte eſt un démon qu'on ne ſçauroit vaincre? Réparez le tort que vous m'avez fait, & que ce ſoit-là votre derniere triche-rie... Vos Dames me feroient trop d'honneur ſi je les aimois moins. Je crois que mes ſervices leur ont aſſez bien prouvé mes ſentimens, pour qu'il me ſoit permis de leur en parler ſans détour. Je compte les revoir dans huit jours, & les faire entrer en payement de tous les regrets qu'elles me coûtent. Il eſt une autre divinité que je re-grette auſſi, & à qui je rens trop de juſtice pour craindre qu'elle s'offenſe de l'aveu que j'en fais. Mais je la reverrai bientôt, *& le malheur finit on commence l'eſpoir.*

Adieu, Monſieur, aimez-moi

toûjours , & croyez qu'on peut
faire de plus grandes sotises.

LETTRE V.

Au même.

VOíci la troisiéme Lettre que
je vous écris depuis quinze
jours , & je n'ai pas encore reçu
un seul mot de vous. Je ne sçais à
quoi attribuer un silence que j'ai
si peu mérité. Vous m'aviez promis plus d'exactitude , & ç'auroit
été, selon moi, vous faire injure
que de douter de votre sincérité.
Mon amitié pour vous m'autorise
à vous montrer ma douleur telle
que je la sens, c'est un droit que
vous m'avez donné vous-même,

& que je ferai toujours valoir ;
duffiez - vous penfer que j'en tire
trop d'avantage. Vous jugez bien ,
Monfieur , au ton dont je vous
écris , que je n'ai point envie de
ceffer de vous aimer ; j'ai pris mon
parti là - deffus ; la conftance ne
m'effraye plus depuis que vous
m'avez fait trouver l'amitié fi
douce.

Je fuis, &c.

LETTRE VI.

Au même.

VOus me grondez d'avoir rompu avec votre amie; vous ne sçavez donc pas qu'elle m'a mis dans la nécessité de la méprifer? Je fens que ce mot va vous étonner beaucoup, & vous indifpofer plus encore contre moi; auffi vais-je ne rien oublier pour vous convaincre de la juftice de ma conduite, & j'attens de votre difcernement & votre équité, qu'après vous avoir confié le fecret de notre rupture, vous ne vous bornerez pas à ceffer de me condamner.

Mes liaifons avec Madame de

P*** ont commencé fous vos yeux ; vous fçavez combien j'ai defiré de devenir fon ami, avant que je puffe me flater de l'être devenu : en effet, elle a tout ce qu'il faut pour infpirer une paffion d'amitié à quiconque féduit par ce qu'elle femble valoir, n'examinera pas ce qu'elle eft en effet. L'infidélité d'une maîtreffe que j'adorois, venoit de me réduire à un éloignement total de l'amour lorfque je la connus, je fentois mon cœur flétri par un vuide qu'un fentiment feul pouvoit remplir, elle étoit dans le même état que moi, & il eût femblé injufte de douter qu'elle ne fût dans les mêmes difpofitions : je fus féduit par tout le crédit que l'art inconcevable qu'elle a de feindre, donnoit à fes procédés ; je mis tout en œuvre pour lui perfuader qu'elle difpofoit de tous les plaifirs auxquels je pouvois déformais être fenfible ; elle ufa de fon empire en femme qui fembloit borner fes vœux à me faire un bonheur folide & innocent ; il s'établit entre nous un commerce de confidences , de confeils, de fervices , où je ne fentois d'autre crainte que de le voir finir , & d'autre défir que de mériter qu'il ne finît jamais. Il vous fouvient que mille fois vous m'avez grondé de me livrer trop à un engagement où je ne pouvois pas trouver les mêmes plaifirs que dans une paffion d'amour, & qui me coûtoit les mêmes perres du côté de la Société. Vous aviez raifon , mais il eût fallu le deviner ; il eût fallu , dis-je , lire dans les fecrets de l'avenir que votre amie nourriffoit dans fon efprit le projet de ruiner notre commerce d'une maniere indigne quand fon cœur fembloit être trop borné , trop froid pour en fentir toute la douceur. Mais qui jamais eût pu pénétrer ce myftère odieux ? Tous les inftans de fa vie étoient employés à me perfuader que moins de fécurité de ma part eût été un excès d'injuftice ; j'ignorois alors que dans toutes les affaires de la vie, il faut en fe réglant fur les apparences ne s'y point abandonner tout-à-fait. Je jouiffois de mon bonheur fans ſoupçon, ſans examen, je croyois que la confiance que j'avois en elle, étoit le ſeul moyen de mériter ce qu'elle faiſoit pour moi. Quelle femme n'eût point été ſenſible à la nobleſſe de mon procédé ? Quelle femme du moins, m'en eût puni comme d'un crime ? Il n'y a ſans doute que Madame de P * * * qui ſoit capable d'un retour auſſi noir...... les chagrins qu'elle me cauſe meneroient trop loin mes réflexions ſi je m'y livrois. Je finis ; j'allai chez elle l'autre jour, je ne l'avois jamais autant eſtimée, je traverſai une galerie qui conduiſoit à ſon appartement, elle parloit aſſez haut à quelqu'un qui l'interrompoit peu. Jugez de l'excès de ma douleur,

lorſqu'après quelques mots que je
ne comprenois pas trop , je l'en-
tendis dire à la petite de * * * :
« Quelle opinion avez-vous de
» moi ? Quoi, après mes aventu-
» res, après l'aveu que je vous ai
» fait tant de fois de mon carac-
» tère , de la paſſion que j'ai &
» que j'aurai toujours pour les cho-
» ſes extraordinaires , vous m'a-
» vez crue capable de devenir l'a-
» mie du Chevalier, & de borner
» mon cœur aux ennuyeuſes fonc-
» tions de l'amitié ? Connoiſſez-
» moi mieux que vous n'avez
» fait ; j'ai voulu, il eſt vrai , inſ-
» pirer au Chevalier tous les ſen-
» timens d'un ami, & en obtenir
» tous les ſoins. Pour y mieux
» réuſſir je me ſuis parée de tous

» les dehors d'un retour sincere,
» j'ai feint de renoncer à mes ha-
» bitudes, aux hommes, à l'amour
» même, j'ai servi enfin mes def-
» feins de tout ce qu'une obferva-
» tion continuelle fur moi-même
» pouvoit *prêter de crédit* à la fa-
» cilité naturelle que j'ai de per-
» fuader ; ma conduite toujours
» foutenue , & conféquemment
» toujours impénétrable, fembloit
» n'avoir qu'une face, on l'a expli-
» quée comme il étoit naturel qu'on
» l'expliquât , on m'a cru pour
» toujours & uniquement liée
» d'amitié avec le Chevalier , on
» fe trompoit , mais je n'en fuis
» point du tout furprife , c'étoit
» mon deffein , je vais vous en
» dire la raifon. Vous fçavez que

» le Chevalier essuya il y a deux
» mois l'infidélité la plus complet-
» te ; vous n'ignorez pas non plus,
» que moins affligé que piqué, il
» publia bientôt un Livre qui ap-
» prenoit à l'Univers qu'il bravoit
» désormais l'amour , qu'il alloit
» tirer ouvertement sur toutes les
» femmes, & qu'il les méprisoit
» déja autant qu'il les craignoit
» peu. Je lus ce Livre, le pre-
» mier coup d'œil me révolta, la
» réflexion acheva d'aigrir ma va-
» nité; je voulus me charger de
» la cause de tout mon sexe, & je
» ne crus pas pouvoir mieux af-
» surer sa vengeance & la mienne,
» qu'en rendant le Chevalier le
» plus tendre de tous les hommes,
» le plus malheureux, & le plus

» humilié. Voilà le motif de tout
» ce que j'ai fait pour lui, il eft fort
» inutile que je vous apprenne juf-
» qu'où je veux pouffer la fuper-
» cherie ; vous voyez par ce que
» j'ai fait , ce que j'ai deffein de
» faire.

L'horreur dont cette conver-
fation me pénétra , me rendit à
l'inftant fi différent de moi-même,
que je fus fur le point d'entrer &
de maltraiter cette perfide en pré-
fence de fon amie ; mais je fus re-
tenu par l'autorité qu'eurent toujours fur moi les principes qui
m'ont conduit jufqu'à ce jour ; je
me retirai ; je la vis le lendemain ,
réfolu de fortifier de nouvelles
preuves la noirceur de fon procédé , & de la punir par la honte que

je croyois qu'elle en auroit. Je lui dis , que malgré la loi que je m'étois impofé de refpecter toujours l'innocence de fes fentimens , je brulois depuis longtems pour elle d'une paffion, qui depuis le premier inftant , avoit triomphé de toute ma raifon , & que mon malheur étoit à un point, que fi elle me refufoit, ce qu'on accorde aujourd'hui aux feules apparences de l'amour, j'allois expirer à fes pieds de honte autant que de douleur. Elle ne me répondit que par un filence qui me permettoit tout , je me mis en état de lui prouver que mes defirs n'avoient pas attendu fon aveu ; & lorfque mon triomphe n'alloit plus dépendre

dre

dre que de moi ; le ciel fenfible à
la juftice de mes deffeins , fit
changer tout d'un coup la fcéne ,
& j'eus le plaifir de me venger
tranquillement pendant une de-
mi-heure fur toute fa perfonne, du
mépris qu'elle me forçoit de faire
de fes faveurs ; elle s'apperçut enfin que j'étois plus coupable que
malheureux ; elle voulut me faire
des reproches ; mais je la prévins ,
en lui apprenant que j'étois inf-
truit du droit qu'elle m'avoit donné de la couvrir d'humiliation ;
je ne la quittai pas cependant, fans
la raffurer fur les fuites de fon
aventure ; je lui promis même que
nôtre rupture feroit toujours un
fecret , ou que du moins l'on n'en
pénétreroit jamais le motif, fi elle

D

même ne se trahissoit ; & je vous
jure que j'étois très-résolu à lui te-
nir parole ; mais j'appris avant-hier
par le Marquis de F*** qu'elle-
même en avoit fait le sujet de la
conversation de tout Paris , &
qu'elle m'habilloit par tout d'un
ridicule éternel ; je ne voulus pas
la voir , mais je lui écrivis cette
Lettre.

» J'ai eu jusqu'ici la discrétion
» de ne me plaindre de vous qu'à
» vous-même ; mais vous abusez
» du trop grand soin que je prens
» de votre réputation ; il faut vous
» démasquer , Madame ; il faut
» apprendre aux personnes dont
» vous avez surpris la crédulité,
» de quelle espece d'amitié vous
» êtes capable, j'y perdrai la ré-

» putation d'homme extraordinai-
» re, & la gloire chimérique, d'a-
» voir fait d'une femme peu esti-
» mée, une amie adorable ; mais
» j'aurai du moins le plaisir de me
» venger de vous, de devenir uti-
» le aux honnêtes gens qui occu-
» poient leur vie à vous prouver
» qu'ils vous aimoient, & à mé-
» riter un cœur que vous ne vou-
» liez ni ne pouviez leur donner...
» Oui, Madame, on va sçavoir
» que toutes ces complaisances,
» qu'on se feroit fait un crime de
» n'attribuer pas à votre seule sen-
» sibilité, n'étoient qu'un amuse-
» ment de votre esprit ; que votre
» unique but dans tout ce que
» vous avez fait pour moi, étoit
» de me conduire bien loin au-

D ij

» de-là de cette amitié, qui fem-
» bloit remplir tout votre cœur,
» & de ne m'éloigner fi parfaite-
» ment des innocens plaifirs que je
» m'en étois promis , que pour
» me rendre bientôt après la proie
» de tous les fentimens qui peu-
» vent rendre malheureux un cœur
» trop tendre....... Vous ne me
» croyez pas capable d'une forte de
» vengeance fi oppofée au refpect
» que j'ai pour votre fexe, aux fen-
» timens que j'eus pour vous, &
» à la douceur de mon caractère ;
» je veux encore vous rendre le
» fervice de vous détromper ; je
» refpecte votre fexe, il eft vrai,
» mais je ne regarde point toutes
» les femmes comme des idoles
» que je dois refpecter toujours.

» Quant à l'espece de contraste
» qu'il semble y avoir entre la
» douceur de mon caractère , &
» la liberté que je vais accorder à
» mon ressentiment, il est détruit
» par la nature de vos torts; ce
» n'est pas que je ne sente quelque
» regret d'être forcé de faire suc-
» céder une vengeance publique
» à ces sentimens si doux , à ces
» plaisirs si délicats que je trouvois
» incessamment dans les liaisons
» qui m'unissoient à vous, j'en ai
» quelque douleur , je l'avoue ,
» l'habitude d'un bonheur même
» chimérique , a pour moi des
» douceurs indicibles ; ces dou-
» ceurs font des liens qui se ré-
» voltent long-tems contre la né-
» cessité d'une rupture ; mais j'ai

» de la raison, & graces aux mal-
» heurs que j'ai essuyés dans le
» commerce de presque toutes les
» femmes qui m'ont été chéres, je
» suis parvenu au triste avantage
» de la faire triompher tôt ou tard
» des engagemens qu'il m'en coû-
» te le plus de détruire.

Je crois ma conduite si bien défendue, que je craindrois que vous ne me soupçonnassiez de douter de votre équité si je me justifiois plus longtems, je suis même bien fâché de vous avoir comme contraint à rabattre un peu beaucoup de l'estime que vous aviez pour votre amie, je sçais que les personnes comme vous, n'aiment qu'à proportion qu'elles estiment; & que quoi qu'il puisse

vous en coûter , vous allez né-
cessairement aimer moins Madame de P*** que vous ne l'aimiez ;
mais les sentimens que vous avez
pour moi , & ceux que j'ai pour
vous , ne me permettoient pas
de vous laisser dans la prévention
où vous étiez ; je vous aurois plus
ménagé , si je vous avois moins
connu ; l'importance que vous
avez toujours mis dans l'amitié &
les qualités que je sçais , que vous
exigez de vos amis m'ont ef-
frayées , je n'ai pu douter que dès
que ma rupture avec Madame de
P*** étoit devenue publique ; elle
ou moi n'allions être inévitable-
ment perdus auprès de vous , & il
n'étoit pas naturel que je me sa-
crifiasse aux intérêts d'une femme

avec qui on ne peut plus être généreux qu'on ne foit dupe.

Je vous enverrai au premier
jour des réflexions que mon aventure m'a fait faire fur les femmes,
elles ne leur font pas fort avanta-
geufes ; mais je fçais ce que vous
penfez d'elles. Je vous prie que ces
réflexions reftent éternellement
entre vous & moi; les femmes ne
nous font point un crime de ne
point eftimer infiniment leur fexe ;
mais ce qu'elles ne nous pardon-
nent jamais c'eft de trouver dans
les mains du Public l'aveu d'un
mépris général, parce qu'elles s'y
trouvent néceffairement enve-
loppées.

LETTRE

LETTRE VII.

Au même.

LES Conseils de l'amitié ont un prix indépendant des situations, vous avez tort de craindre que je n'aye mal reçu les vôtres : il est vrai qu'ils avoient l'air des reproches, mais le ton ne fait rien au cœur ; je n'en connois qu'un dont un ami doive s'offenser, c'est celui de la froideur....... N'attribuez qu'à ma reconnoissance le silence dont vous vous plaignez : vous m'accusiez d'injustice, j'ai voulu me mieux examiner que je n'avois fait avant de vous répondre & vous payer de vos soins, soit

E

en me corrigeant fi j'étois coupable, foit en vous défabufant fi vous
étiez prévenu...... Mes réflexions
m'ont mis en état de fatisfaire également à votre délicateffe & à la
mienne, je vais m'ouvrir à vous
avec toute la franchife que je vous
dois, je ne vous demande que de
l'attention, mon innocence eft fi
incontefable que le moindre fecours que je folliciterois pour elle
en terniroit la pureté.

Madame de Sirenaï a mal en-
tendu fes intérêts en vous écrivant
comme elle a fait ; il faut lorfqu'u-
ne femme eft quittée qu'elle faffe
refpecter fa douleur, & ce n'eft
qu'en fe plaignant modeftement
qu'elle peut y parvenir. Quel crime ai-je commis en la quittant ?

Est-on le maître des mouvemens de son cœur ? Je ne lui ai jamais fait un myſtère de l'état du mien ; elle m'a aimé ſans me conſulter , elle m'a appartenu ſans me poſſéder, je n'ai point attendu les progrès de ſa paſſion pour m'expliquer avec elle, elle n'a écouté que ſes deſirs, dois-je être puni de ſon égarement? J'en ſuis la cauſe, il eſt vrai, mais j'ai fait tout ce que j'ai pû pour la guérir d'un penchant malheureux ; & je crois, ſans me flater, que loin de mériter les reproches dont elle m'accable, les ſoins pénibles que je me ſuis donné pour les lui épargner, doivent être l'objet de ſa reconnoiſſance. Ce que j'avance là, Monſieur, n'eſt rien moins que déplacé; dé-

pouillez-vous de la prévention où
vous êtes que parce qu'une femme nous aime, nous lui devons
tout, & vous conviendrez que
j'ai raison. J'étois heureux, je jouiffois d'une tranquillité achetée
par les plus grandes peines, &
par-là devenue néceffaire à mon
bonheur; Madame de Sirenai me
fait le trifte honneur de prendre du
goût pour moi, & de me facrifier
de G***. Elle immole à fa nouvelle frénéfie fes devoirs d'honnête femme, fes plaifirs, fa raifon,
tout fon être : elle m'aime, elle
m'adore, elle a befoin de mon
cœur, elle eft perdue fi elle me
trouve indifférent; hé bien, quel
droit ce befoin lui donne-t-il fur
ma liberté, pourquoi l'a-t-elle,

pourquoi loin de réfrener le defir qui en eft la fource le nourrit-
elle, s'y abandonne-t-elle ? Mais,
me direz-vous, il eft votre ouvrage, elle ne fût point devenue fenfible, fi vous ne lui euffiez point
paru aimable ; quelle pitoyable
conclufion ! Quoi, parce que j'e-
xifte, parce que je ne fuis point un
fot, il faut que j'aille m'abymer
dans la plus profonde folitude, ou
fi je veux jouir des attraits de la
vie, il faut que je me foumette à
tout ce qu'il plaira aux femmes d'e-
xiger de moi...... Je craindrois de
bleffer votre vanité en donnant
plus de force à ma défenfe, je
dois me flater que vous penfez du
moins que je mérite de vous perfuader..... Suivons le cours de mes

liaifons avec Madame de Sirenai.
Quelque loi que je me fuffe im-
pofée de lui réfifter toujours, ma
façon de penfer céda à fa façon
d'aimer, fa paffion me toucha, fes
douleurs me féduifirent ; elle fit
mon bonheur pendant quelques
jours, mais fon triomphe ne fut
pas plutôt décidé que je me vis
chargé de tous les frais de mes
plaifirs ; je n'étois pas affez amou-
reux pour n'attribuer fon indolence qu'à fa délicateffe, & je l'étois
trop pour me mettre au-deffus des
défagrémens de ma fituation. Les
premiers reproches que je lui en
fis furent inutiles, je ne m'en of-
fenfai point, parce qu'ils avoient été
un peu vifs, je craignois même
qu'elle ne les attribuât uniquement

à ma mauvaife humeur, & pour lui prouver qu'elle n'en devoit accufer que ma fenfibilité, je pris la peine de me juftifier comme fi j'avois été coupable. Mon procédé, tout généreux qu'il étoit, ne diminua rien de l'injuftice du fien : je me piquai, mais voulant rendre fes torts inconteftables, je tâchai que mes nouveaux reproches fuffent auffi modeftes que ma douleur étoit légitime. Ils n'eurent d'autre effet que de mettre Madame de Sirenai hors d'état de fe juftifier & de me conferver. J'imitai fa conduite, & infenfiblement je m'accoutumai à fa froideur, comme on fait à une infidélité..... .

Le départ du courier me force

à m'interrompre ; je reprendrai la plume Lundi prochain, fi je ne peux vous aller joindre. Adieu, Monfieur, foyez perfuadé qu'il ne m'en coûte pas plus de vous écrire que de vous aimer.

LETTRE VIII.

Au même.

J'AI toujours penfé que quand on étoit contraint de rompre un engagement, la premiere chofe qu'il falloit faire, c'étoit de fe jetter dans la diffipation & de s'étourdir fur la *pofition* où l'on étoit. Vous n'êtes pas du même fentiment que moi ; vous penfez qu'une rupture doit être ménagée avec

u tant de prudence qu'un engagement, vous avez tort, & il m'eſt
aiſé de vous en convaincre. Je
ſçais que le reſpect des bienſéances eſt une obligation que nous
contractons en naiſſant ; les préjugés leur ont donné la vie, cela
ſeul prouve leurs droits ; le Public
toujours ennemi de lui-même ,
toujours avide d'inſtitutions tyran-
niques s'eſt établi leur défenſeur ,
par là il eſt devenu notre juge ; &
ſe ſouſtraire à ſa funeſte autorité ,
c'eſt ſe plonger dans les horreurs
d'une guerre éternelle. Je ne con-
teſte point les faits ; la dépendan-
ce des hommes à cet égard eſt ſi
manifeſte qu'il y auroit de la folie
à en nier même l'évidence ; mais
quelqu'avantage que cet aveu ſem-

ble vous donner fur moi, il ne fert qu'à mieux établir celui que j'ai fur vous : lifez attentivement ce qui fuit, & vous en conviendrez peut-être. Qu'eft-ce que le Public ? c'eft un monftre qui tire toute fa force de notre foibleffe, & qui confé-quemment n'eft dangéreux que pour les fots ; ofez lui réfifter, vous êtes fûr de le vaincre ; l'af-pect feul fous lequel on l'envifage le rend fi redoutable ; fa foibleffe eft égale à fa force, fes droits ne font pas plus étendus que les nô-tres ; une fotife arme toute fa fu-reur contre nous, mais un peu de hardieffe nous rend toute notre indépendance ; le Public n'eft en-fin que ce que nous fouffrons qu'il foit : la timidité l'enfante, la fauffe honte le nourrit, la raifon l'ébranle, le courage le détruit, & la conftance à faire valoir nos droits achève de nous élever à jamais fur fes ruines. Convaincu de cette vérité par une longue expérience, je ne craignis point la fauffe interprétation qu'on donneroit à ma rupture avec Madame de Sirenai, je bravai la calomnie, & j'aimai mieux rifquer de paffer pour perfide que de languir dans les entraves d'une paffion qui me rendoit malheureux. La jeune Eglé me parut difpofée à me dédommager des peines qu'il y a toujours à changer, je la difpofai encore davantage à réalifer mes ambitieufes idées en refufant de lui rendre des foins : elle fe fit une affaire férieufe

de me conquérir, mais toutes ſes
bontés n'intéreſſérent que l'humeur coquette à quoi j'étois réſo-
lu de me vouer depuis le retour de
ma liberté. Eglé s'en trouva offen-
ſée ; mais trop vaine & trop peu
ſenſible pour mettre de la raiſon
dans ſa vengeance , ſon étourde-
rie la fit d'abord toute tourner contre ſa vanité : l'on ſçut le mauvais
état où elle étoit avec moi, & le
refus que je faiſois d'être ſur un
meilleur pied avec elle. Madame
de Sirenaï qui en femme délaiſſée
n'étoit plus attachée aux bienſéances que formellement, ſe ligua avec
Eglé, & toutes deux achevérent
de ſe rendre mépriſables en voulant me faire mépriſer moi-même.
Mais les apparences ſont les ora-

cles du Public : l'intelligence qu'on
vit régner publiquement entre
deux femmes qui auroient dû se
fuir & se détefter, fit enfin penfer
que leur union n'étoit née que de
mes injuftices ; l'on crut qu'également perfide à l'une & à l'autre,
je les avois facrifiées toutes deux
aux vices de mon ame, & je de-
vins le plaftron de tous les traits
qu'on auroit dû lancer fur elles. Je
fuis né trop délicat pour pardonner de pareilles infamies ; le même
fentiment qui me déterminoit à la
vengeance, décida ma façon de
me venger : Eglé devint l'objet de
mon mépris fecret , & Madame
de Sirenai celui de toute ma haine. Elle trouva apparemment que
je fçavois mieux punir, qu'elle ne

çavoit offenser, & voilà le motif des Lettres qu'elle vous a écrites. Je me flate, Monsieur, que son procédé n'a pu me nuire qu'un instant auprès de vous, & que vous êtes persuadé à-présent qu'elle ne mérite pas même de vous faire douter de la légitimité de ma conduite.

LETTRE IX.

Au même.

Monsieur le Marquis de * *. m'a mis au fait du petit démélé que j'ai été cause que vous avez eu avec lui : vous avez mal fait de pousser les choses jusqu'au point de chaleur où elles ont été ;

c'étoit vous expofer beaucoup,
& c'eft mal fervir l'amitié que de
fe jetter dans des dangers dont
elle ne peut tirer aucun avantage.
Le Marquis eft un étourdi qui
n'entendit jamais raillerie fur le
chapitre de fes maitreffes : le ton
& la façon de penfer qu'il a pris
dans le monde, l'ont mis en poffef-
fion d'extravaguer tant qu'il lui
plaît ; on doit lui pardonner tout,
parce qu'on ne doit mettre de l'importance dans aucun de fes pro-
pos : & vouloir lui faire fentir fa
folie, c'eft fe mettre de pair avec
lui. Qu'importe d'ailleurs à mon
humeur qu'on croye que la perfonne qu'il aime aujourd'hui m'ait fa-
crifié au defir de fe l'attacher : les
gens raifonnables ne mettent pas

l'honneur à toute fauce, ils fça-
vent trop combien l'on feroit à
plaindre, fi l'on faifoit dépendre
fa gloire des procédés d'une coquette attachée par état à la flé-
trir, ainfi ce n'eft que parmi les
fots que le Marquis peut trouver
des rieurs; & les fots font quelque
chofe de fi vil, de fi petit, qu'en vérité c'eft fe plonger dans le néant où
ils croupiffent que de faire un feul
pas pour les ramener à la raifon &
à la juftice : le déplaifir que j'ai eu
de votre démêlé avec lui ne dimi-
nue pourtant rien de la reconnoif-
fance que je vous dois ; les procédés de l'amitié ont un prix indépendant de leurs effets, mais vous
ajouterez le plaifir à la reconnoif-
fance, fi la premiere fois que cette

té conversation reviendra, vous voulez bien retirer votre épingle du jeu & convenir que j'ai été sacrifié au Marquis. Ce conseil vous paroît singulier, il ne l'est point, il est même raisonnable. Je rougis d'avoir appartenu à Cidalise : je me crois obligé d'expier mon égarement d'une façon authentique ; le mépris dans lequel Cidalise est tombée depuis long-rems, joint à la préférence qu'on sera persuadé qu'elle a accordée à un homme si inférieur à moi à tous égards, feront penser que je suis bien fâché, bien humilié, bien puni de ma foiblesse, & je serai par-là déchargé d'une expiation d'autant plus couteuse que chaque instant la rendoit plus inévitable.

E

LETTRE X.

Au même.

AUrai-je toujours la douleur de vous trouver injufte? Je ne fçais jamais comment je fuis avec vous, il femble que vous ayiez juré de me faire acheter votre amitié par une incertitude éternelle de votre eftime : je me fuis cependant montré à vous fous une face bien oppofée aux ridicules dont vous m'accufez ; je veux croire que les torts que vous avez avec moi, n'ont leur fource que dans l'attention imparfaite que vous avez faite à ma façon de penfer & de vivre ; mais en êtes-vous

moins coupable ? En amitié le défaut d'examen eſt d'autant de con-
ſéquence que le défaut de droitu-
re, lorſqu'il produit le même effet :
ce n'eſt point ici une opinion ,
c'eſt un principe établi ſur les mouvemens inconteſtables du cœur ;
on en ſent toute la ſolidité quand
on aime ; & lorſqu'on s'en écarte
ou qu'on l'ignore , on s'expoſe à
de terribles conféquences...... Je
ſuis perſuadé que vous ne vous at-
tendiez pas à me voir ſi ſenſible à
l'injuſtice de vos reproches, mais
ne deviez-vous pas prévoir que ,
fuſſent-ils légitimes ; ils bleſſe-
roient toujours ma vanité ? Vous
ſçaviez mieux que perſonne combien je veux qu'on croye ſincere
le ton que j'ai pris dans le monde,

cependant vous m'avez traité en
jeune homme qui n'a ni principes
ni ton, & dont les démarches fim-
ples & fans fineffe prouvent toujours ce qu'elles femblent figni-
fier..... Je veux bien me défendre
encore une fois, mais ne m'y expofez plus, je vous prie, plus je
vous aime, moins je pourrois à l'a-
venir vous donner une fatisfaction
fi couteufe. Non, Monfieur, je
n'ai jamais aimé *Temire*, je n'ai
même jamais fouhaité qu'elle m'ai-
mât : j'ai eu l'honneur de lui ap-
partenir, il eft vrai, mais les faveurs d'une femme n'ont-elles jamais leur fource que dans fon
cœur ; & par ce que nous en avons
joui, doit-on conclure que nous
les avons briguées ? Temire étoit

vive & coquette : dans cet état
on trouve tout aimable ; elle fou-
haita de m'infpirer des defirs, &
de me voir mériter qu'elle s'y fou-
mît ; fes difpofitions n'étoient
point équivoques , je m'y prêtai
dès que j'eus vu que l'amour n'en-
treroit dans notre commerce que
comme un meuble de parade ;
je lui rendis publiquement des
foins , c'eft-à-dire que j'appris
au Public que j'étois une des
fantaifies de *Temire* , & qu'elle
alloit trouver à qui parler ; je lui
écrivis, elle fit femblant de me
réfifter, je conclus qu'elle ne
vouloit plus fe défendre , & je
la mis généreufement à fon aife.
Cette paffade dura huit jours ,
le neuviéme il ne fut plus quef-

tion de rien. Voyez , Monſieur ,
ſi je mérite le bruit que vous m'en
avez fait......... Quelque poſiti-
ve que ſoit ma juſtification , je
prévois qu'elle ne détruira pas vos
idées, & pour vous mettre par-
faitement dans votre tort , je vous
envois les trois ſeules Lettres
que j'aye jamais écrites à Temire :
vous jugerez par le ton léger qui
y régne des ſentimens que nous
nous étions inſpirés.

LETTRE PREMIERE.

« JE ne sçais plus quel usage je
» dois faire de vos bontés, si je
» suis empressé à vous plaire : vous
» m'accusez de vous aimer, & vous
» m'en punissez ; si moins docile
» aux mouvemens de mon cœur,
» je tâche de vous épargner une
» injustice en me montrant moins
» sensible, vous me faites tous les
» reproches que mériteroit un A-
» mant perfide ; que faut-il que je
» pense de vous ? Vous ne voulez
» que de l'amitié, & vous me met-
» tez dans l'impossibilité de vous
» satisfaire : ne vous offensez point
» de la façon hardie dont je m'ex-

» plique, vous me la rendez né-
» ceffaire, & vous en conviendrez
» quand je me ferai mieux expli-
» qué. Il m'eft impoffible d'avoir
» pour vous de l'amitié fi le fenti-
» ment n'eft point la fource de
» l'irrégularité de vos procédés ,
» parce que, fi cela eft , je ne peux
» vous regarder que comme une
» femme dont l'efprit inconfé-
» quent ou léger m'interdit tout
» attachement ; fi au contraire
» vous êtes conduite par les mou-
» vemens de vôtre cœur, il eft
» conftant que vous m'aimez, &
» alors je vous dois tous les fenti-
» mens dont je fuis capable. Cela
» pofé il faut donc, ou que je vous
» adore, ou que je ne vous aime
» point du tout ; c'eft à vous, Ma-
Dame

» dame, à décider du parti que je
» dois prendre, je ne veux point
» m'en rapporter à moi dans une
» affaire d'une aussi grande consé-
» quence; je dis affaire, parce
» que c'en est une sans doute que
» de ne vous aimer point ou de
» vous aimer beaucoup. Je ne
» veux point risquer de me laisser
» séduire par l'opinion que j'eus
» toujours de vous, je veux voir
» clair dans la route qu'il me fait
» suivre, & l'homme le plus pé-
» nétrant n'a jamais assez de ses lu-
» mieres pour se conduire dans les
» choses qu'il craint ou qu'il sou-
» haite le plus.

LETTRE II.

» ON a toujours affez d'efprit
» pour deviner qu'on eft ai-
» mé. J'ai fçu que vous m'aimiez,
» long-tems peut-être avant que
» vous le fçuffiez vous-même; vous
» croyez que je vous le laiffois
» ignorerpour me faire un appui
» contre votre inconftance de la
» contrainte où ma diffimulation
» vous jettoit, vous avez tort, je
» vous eftime trop pour prendre
» des précautions contre vous ,
» je penfe même fur votre comp-
» te de façon à n'avoir pas befoin
» de ma délicateffe naturelle pour
» être tranquille fur le fond de
» vos fentimens , mon unique mo-

» tif a été de vous punir d'un dé-
» guiſement qui, quoiqu'il ne fût
» pas préciſément une offenſe
» pour moi, n'en devoit pas moins
» me déplaire, puiſqu'il provenoit
» d'une foibleſſe d'eſprit que vous
» n'auriez point eue ſi vous m'a-
» viez bien eſtimé. C'eſt en vain
» que vous cherchez une excuſe
» dans le reſpect qu'on doit aux
» bienſéances; ce détour loin de
» ſurprendre ma crédulité vous
» rend plus coupable encore à
» mes yeux; vous m'avez trop
» perſuadé que vous penſiez pour
» me perſuader aujourd'hui que
» vous ne penſez point, car ce ſe-
» roit ne point penſer ſans doute
» que de craindre de manquer à
» ce que l'on ſe doit en faiſant

» connoître que l'on aime quand
» on est justifié par son objet ,
» l'expérience que j'ai fait de vo-
» tre discernement, m'a appris
» ce que vous pensiez des pué-
» rilités qu'on a réduites en ma-
» ximes, je suis convaincu du mé-
» pris que vous faites du joug
» qu'un scrupule odieux veut im-
» poser au cœur des sots, ainsi
» vous n'avez rien à gagner sur
» moi de ce côté-là; vous ne m'a-
» vez caché votre secret, que
» parce que vous ne me trouviez
» point encore digne de l'appren-
» dre, vous craigniez l'usage que
» je ferois de mon bonheur, vous
» ne m'estimiez point enfin.........
» Je ne vous en ferai point de
» plus longs reproches, je me

» crois affez vangé par le rifque
» que vous fentez que vous avez
» couru ; une femme eft affez pu-
» nie quand elle aime d'avoir à fe
» reprocher une injuftice. Je me
» bornerai à vous confeiller de
» n'oublier jamais que pour vous
» pardonner auffi aifément que
» je l'ai fait, il m'a fallu recou-
» rir à la bonté de mon caracté-
» re, & qu'il feroit dangereux
» pour vous de me contraindre
» à en faire fouvent un pareil
» ufage.

LETTRE III.

» JE ne m'attendois pas à la ré-
» ponſe que j'ai reçue de vous,
» ma Lettre méritoit un ſort moins
» oppoſé à vos intérêts & aux
» miens, il n'eſt point encore atri-
» vé qu'une honnête femme ait re-
» gardé comme une offenſe des
» deſirs ſi naturels, ſi juſtes & ſi
» flateurs, que ce ſeroit offenſer
» l'objet qui les fait naître que de
» chercher ſeulement à les lui ca-
» cher. Les femmes n'auront-elles
» jamais qu'une raiſon ſubordo-
» née aux préjugés ? Vous convîn-
» tes l'autre jour qu'on ne pouvoit
» faire un plus mauvais uſage

» de la vertu que de la féparer de
» la nature ; je me fouviens même
» que vous me dîtes fur cela les
» plus jolies chofes du monde &
» les plus fenfées, d'où vient donc
» que vous êtes aujourd'hui fi dif-
» férente de vous-même ; n'êtes-
» vous ordinairement raifonnable
» que lorfque vous ne devez trou-
» ver aucun avantage à l'être (Je
» fçais que vous avez envie de
» moi, à quoi vous meneront tous
» les vains détours que vous m'op-
» pofez? Vos defirs en deviendront
» plus vifs, vous ferez forcée de
» leur céder, je ne me trouverai
» peut-être plus fi bien difpofé à
» les fatisfaire, nous en aurons du
» dépit tous deux, nous nous bou-
» derons, nous nous querellerons

» & d'une fotife à l'autre nous de-
» viendrons peut-être fi fots que
» nous nous trouverons indiffé-
» rens avant que d'avoir pû nous
» rendre heureux. Croyez-moi ,
» finiffez un jeu de vertu fi peu
» utîle & fi dangéreux, je n'ai pas
» befoin de votre réfiftance pour
» fçavoir combien vous m'en fe-
» riez fi vous ne m'aimiez pas, je
» vous eftime autant que je vous
» aime ; partez d'après l'affurance
» que je vous en donne, & ne
» m'expofez plus à la douleur d'ê-
» tre obligé de vous plaindre en
» voulant m'apprendre combien je
» dois vous admirer.

LETTRE IX.

Au même.

Vous m'accusez d'indolence? Ah, Monsieur, que de pareils reproches sont peu de saison, vos Lettres n'ont fait sur moi qu'une trop vive impression; je suis malheureux, je ne me connois plus, je hais le jour que je respire... Quoi j'ai pû maltraiter une femme digne de mon adoration, j'ai pû méconnoître des sentimens & des vertus qui la rendoient la plus aimable & la plus respectable personne du monde? Quelle source d'ignominie pour moi, quel sujet de désespoir pour elle....:. Je ne

m'étonne plus, Monsieur, si les femmes ont en général si peu de soin de leur gloire ; que leur serviroit-il d'être plus estimables? nous ne leur pardonnons point leurs vertus, leurs vices seuls sont l'objet de nos soins, attachés constamment à les séduire, nous faisons dépendre notre bonheur de l'oubli du respect qu'elles se doivent, nous ne les trouvons bien tendres, bien sinceres, que lorsqu'elles sont bien foibles ; nous les accusons de faussseté sur la moindre apparence de retenue, & nous les deshonorons enfin par les plus odieux procédés précisément parce qu'elles ne veulent pas se deshonorer tout-à-fait...
Vous me pressez envain de mériter le pardon que m'offre Madame

de Sirenai en renouant avec elle ; son procédé m'apprend trop à la connoître pour m'engager à m'oublier, je n'ai jamais rien aimé aussi tendrement qu'elle ; mais plus je l'aime, plus je sens combien je me suis rendu indigne de ce plaisir & du prix qu'elle y veut ajouter ; mon parti est pris, & je finis précipitamment ma Lettre de peur qu'en vous parlant trop de mes regrets, je n'affoiblisse ma résolution.

Je vous envoye une copie de la réponse que j'ai faite à la Lettre qu'elle m'a écrite.

LETRTE

A Madame de Sirenai.

QUE faites-vous, Madame ? Suis-je encore digne de l'intérêt généreux que vous prenez à mon fort ? Songez-vous à tous les crimes dont vous avez à me punir ? J'ai percé votre cœur de tous les traits de l'injuſtice, j'ai flétri votre gloire, j'ai prophané vos charmes, je vous ai haïe enfin, quelle reſſource puis-je trouver déformais dans votre généroſité qui ne ſoit toute contre vous ? Votre gloire vous défend toute eſpece de ſentiment, la haine même ne vous est pas permise, elle ne peut naître que d'un fond d'intétêt dont mes crimes m'ont rendu indigne, elle vous aviliroit parce qu'elle m'honoreroit trop......Ne croyez point que c'est à la Lettre que vous m'avez écrite que je dois le retour de raison que je vous montre; on ne peut vous offenser impunément ; j'ai senti que j'étois coupable dès que je n'ai plus pû le devenir; mes remords m'ont appris toutes mes injustices, je me parois vainement de l'air de l'innocence, je réussif-fois vainement à me justifier aux yeux du monde, il est un tribunal suprême que je ne pouvois sur-prendre, c'est mon cœur, je sen-tois que mes succès étoient de nouveaux crimes, je serois volé à

vos genoux, j'aurois mis tous mes
foins à vous faire pitié, mais je
vous avois trop outragée, je me
méprifois trop pour ofer vous infpirer des fentimens que je ne pouvois plus mériter. Mais quel eft
mon égarement? Quel ufage fais-
je de mes remords? Je mets le
comble à mes forfaits en voulant
vous en faire fentir toute l'horreur;
vous allez vous laiffer féduire par
mon repentir, je vois votre cœur
prévenir les vœux que je n'ofe for-
mer, je vous perfuade, vous m'allez aimer plus que jamais? Ah ?
chaffons une idée trop douce, je
dois vous réfifter, vous donner
des fecours contre votre foibleffe
je fuis trop criminel pour fouffrir
que vous redeveniez fenfible; vos

bontés me deshonoreroient à jamais... Adieu, Madame, plaignez
secretement mon sort, il est af-
freux, je vous perds pour jamais
& je brûle pour vous de dix pas-
sions réunies, l'admiration se joint
à la reconnoissance, le respect aux
desirs, le désespoir à l'adoration ;
votre malheur n'est point comparable au mien , vos vertus feront
un jour votre consolation, l'amour
dans un cœur innocent ne peut
être éternel, la réflexion l'émousse
imperceptiblement, on se trouve
tôt ou tard moins malheureuse,
moins sensible, & la raison prend
enfin la place de la passion , mais
où trouverai-je des armes contre
tant d'ennemis qui me déchirent ;
ce ne sont pas des sentimens que

j'ai à combattre, c'eſt l'amour le plus violent, les deſirs les plus cruels, les regrets les plus ſenſibles, ma raiſon ne peut m'être d'aucune utilité ; c'eſt une raiſon que je me ſuis formée, elle a pris naiſſance dans le fond de mon cœur, & vous jugez bien que ce n'eſt pas pour me conſoler de vous avoir perdue que j'ai voulu devenir raiſonnable.

F I N.